L'HOSTOCULTEUR

PAUL RICORDOT

L'HOSTOCULTEUR

Editions
L'INCERTAIN

108, rue Damrémont
75018 PARIS
ISBN : 2-906843-18-0

Un

Coûte que coûte, j'avais voulu garder, aussi fraîche qu'autrefois, l'étrange habitude que j'avais toujours eue, et qui consistait à parcourir *à pied* les quelques kilomètres qui séparent, du manoir, la rive orientale de l'estuaire. Parfois, l'idée avait dû m'effleurer, que c'était peut-être avec l'inavouable intention de m'y perdre, que j'empruntais régulièrement ce très paisible sentier. Ainsi, gagnais-je en flânant les tendres sinuosités qui disparaissaient dans l'ombre des broussailles ; je bavardais, sans fin, avec Franz, de l'avancement de mes recherches, musardais longuement dans l'arborescence feutrée des fougères, me coulais sous les feuillages bleutés des châtaigniers, m'y faufilais, m'y couchais, m'y abandonnais, avant de longer, de place en place, le large et puissant canal qui conduit à la mer.

Mais, depuis ça, depuis lors, acharnées à bouleverser continuellement, et de fond en comble, le paysage environnant, sans doute pour satisfaire quelque peu l'agrément dominical des familles, depuis ça donc, les autorités locales en ont fait soigneusement aménager les deux berges. Tout en affirmant ignorer avoir, du même coup, définitivement effacé la trace de l'ancien sentier. Naturellement... Si bien qu'aujourd'hui plus personne ne peut plus se souvenir de rien. Ni des châtaigniers, ni des sinuosités, ni des feuillages bleutés, ni de ceci, ni de cela. Et ni du reste.

Si ma mémoire est bonne, à ce moment-là, je ne travaillais déjà plus à l'hôpital fédéral. Du moins officiellement. Car, en réalité, je passais encore là-bas le plus clair de mon temps, déambulant paresseusement dans le dédale passablement compliqué des couloirs aseptisés, prétextant sans cesse mille et une insignifiantes raisons, collaborant alors, de mon plein gré, et incidemment, à de multiples activités, du reste complètement dénuées d'intérêt, ou plutôt sans beaucoup d'autre utilité pour moi que de glaner, au plus vite, tous ces témoignages de sympathie dont il m'était manifestement devenu nécessaire de réunir très rapidement toutes les preuves. Car, dans la perspective prochaine de construire efficacement ma défense, je me devais de préparer, et bien plus sérieusement qu'auparavant, tous ces nouveaux procès dont on me parlait maintenant abondamment et qui, désormais, semblaient s'amonceler dangereusement sur l'horizon bien tourmenté de mes jours.

Ainsi, presque immanquablement, j'emmenais Franz avec moi dans mes virées. Nous en profitions fréquemment pour traîner, puis pour discutailler dans les étages, fouinant longuement un peu partout, et sans jamais trop faire de détails, affichant volontiers une espèce de nonchalance soigneusement affectée, un peu partout, c'est-à-dire notamment dans les tiroirs, les affaires, les sacs, les dossiers et les papiers des secrétaires. Puis, le plus tranquillement du monde, nous nous glissions, sans faire trop de bruit, dans les bureaux de l'administration, avant de visiter, aussi scrupuleusement que le reste, ces fameux services chirurgicaux dont la nouvelle direction semblait se glorifier d'être enfin parvenue à aménager les salles, en prolongement des anciens réfectoires.

Mais, surtout, nous nous attardions ici ou là *sans vraie raison*, une fois plus loin, une fois par ci, une fois par là, avant de gagner brusquement, d'un commun accord et à toute vitesse, l'avant-dernier étage du bâtiment, puis le dernier, ou bien dégringolant vers le troisième ou le quatrième sous-sol, les caves, les débarras, la morgue ou les garages, après avoir dévalé quatre-à-quatre le double escalier central, ses très larges marches de marbre, quatre-à-quatre et presque sans respirer, comme je l'avais si souvent fait, dans l'ancien temps, autrefois, quand la gigantesque silhouette de l'hôpital m'impressionnait encore un peu, avec ses épais murs de béton, ses six cent cinquante fenêtres basculantes, ses trente-trois cheminées de briques roses, ses innombrables vitres teintées, ses seize ascenseurs circulaires et ultra-rapides, l'enfilade quasi-vertigineuse de ses quatre cent douze chambres, pas moins, ses trente-six couloirs hyper-lumineux, et qui sait si je n'en oublie pas, ses vingt-sept balcons galbés d'acier, seules tâches colorées qui, sur la façade principale, dominent, comme autant de belvédères particuliers, les méandres toujours délicieusement boisés de la Sée. Difficile, évidemment, de ne pas suspecter aussitôt, en cette hardiesse architecturale certaine, la marque d'un modernisme conventionnel, le genre qui clignote partout, s'allume et s'éteint rien qu'à y penser, puis qu'on surprend à dégouliner d'élec-tronique à chaque étage et jusque dans les latrines, les gouttières ou les égouts... Difficile, vraiment difficile. Malgré tout, il faut en convenir, les bâtiments de verre, étonnamment transparents sous le soleil automnal, enjambent en un élan magnifique, et proprement prodigieux, les pelouses radieuses et délicatement ombragées d'un des plus vastes jardins publics de la ville. Mieux, les puissants piliers de béton s'appuient ensuite de toutes leurs forces, et en une harmonie pour le moins miraculeuse, sur le flanc rocailleux de la colline la plus proche, avant de réussir à s'élancer, en une suprême audace, quasi-magiquement, bien au-dessus de cette forêt qui borde le canal, comme s'il était constamment nécessaire d'encourager chez le passant, fût-il le plus indifférent, cette éternelle propension des hommes à ne presque jamais vouloir toucher terre. Tendre folie, n'est-ce pas ?

Pour sa part, Harvey s'était toujours déclaré totalement étranger tant aux différents courants artistiques qui s'entre-déchirent continuellement, qu'à ces modes architecturales, ou esthétiques, qui, régulièrement, s'affrontent sans fin et sans passion dans les joutes stériles des salons. De par son allure tranquille et son visage massif, Harvey, serein, évoquait immanquablement quand on le rencontrait pour la première fois, la silhouette lourdement trapue d'un vieux taureau de combat. Harvey, Professeur émérite de biologie moléculaire, ancien interne des Hôpitaux de Paris, puis Consultant, quoiqu'à titre étranger, mais tout de même, Consultant de l'Institut Catholique de Liège, Harvey, Professeur Honoraire de l'Université d'Atlanta mais aussi Docteur Honoris Causa de la faculté de Liverpool, Harvey, autrefois reçu major presque partout, et notamment aux concours les plus prestigieux, Harvey, truffé de diplômes, bardé d'honneurs, Harvey s'était spontanément proposé pour m'obtenir, en douce, un emploi qui puisse me convenir, une occupation quelconque à ses côtés, dans son propre service de l'hôpital Pasteur, dans cet immense bloc de béton érigé en bordure des anciens marais, presque sur la crête d'une colline, l'une de celles qui surplombe, très agréablement, l'estuaire de la Sée.

Un emploi qui me convienne ? Très exactement

un emploi qui, simplement, puisse correspondre, approximativement, à mes très modestes qualifications, à savoir celles de médecin-cardiologue, à mes heures spécialistes de rythmologie comparée, et diplômé de biochimie cellulo-ventriculaire... Cardiologue, donc. Cardiologue-auxiliaire. Et, naturellement, à l'échelon inférieur. Rien au-dessous, et tout au-dessus. Autant dire que ma situation s'apparentait nettement à celle d'un larbin de seconde zone. Ou de troisième rang. Ou de quatrième classe. Plus précisément, mon affectation, d'ailleurs provisoire, au pavillon des urgences, ne me permettait d'officier qu'à la demande des anesthésistes. Et, bien entendu, *uniquement* à leur demande expresse. Enfin bref, j'étais bel et bien ce type qu'on ne voit presque jamais, dont on ignore rigoureusement tout, et qu'on évite même soigneusement de saluer quand, par malheur, on se trouve à le croiser, que ce soit dans un obscur couloir de l'annexe ou dans un escalier de service ou, encore, dans l'une des cours les plus secrètes de l'hôpital.

Hélas, je n'avais guère eu d'autre choix que celui-là. Car, après une douloureuse succession d'échecs dans le déroulement, auparavant déjà passablement chaotique, de ma bien misérable carrière, à la suite de toutes mes tergiversations, de tous mes ennuis, de toutes ces histoires dont maintenant je ne veux plus rien savoir, à la suite de toutes ces vicissitudes épouvantables, aucune autre possibilité ne s'offrait à moi, hormis celle de me placer, et de mon propre chef, sous l'entière protection d'Harvey, ou plutôt, d'ailleurs, sous sa redoutable tutelle, celle qu'il exerçait, depuis toujours, avec une autorité incontestable, absolue, terrible, une autorité à laquelle il semblait ne presque jamais vouloir renoncer, quasiment jamais, ou même jamais-jamais, comme j'avais, si souvent, eu l'occasion de le constater, si souvent c'est-à-dire maintes et maintes fois, tout au long de mon enfance, quand je passais mes vacances d'été au Biot, presque toujours en compagnie de mes regrettés parents, autrefois, dans cette immense maison familiale qui nous abritait tous durant les deux mois d'été, et où Harvey, le plus jeune de mes oncles, mais aussi, occasionnellement, sans doute le plus chouchouté des amants de maman, probablement, surtout, de loin le plus enragé de toute la bande, où Harvey, donc au Biot, et ailleurs, Harvey s'arrangeait déjà pour tout régimenter. Tout ? Et notamment ces interminables promenades collectives qui nous conduisaient presque immanquablement jusqu'aux étangs, ou plutôt jusqu'à l'ancienne mine de sel, c'est-à-dire jusqu'aux trois énormes rochers où, soudain exagérément boute-en-train, il s'évertuait systématiquement à faire le pitre devant ces gamins qu'alors nous étions, tous miraculeusement accroupis en cercle, le nez dans les herbes et le derrière dans la prairie. Ainsi la petite troupe attentive, et si facilement bruyante, frappait-elle des mains en cadence, et de plus en plus fort, et de plus en plus vite, l'exhortant à escalader la paroi encore une fois, une toute dernière fois, et par le plus mauvais côté possible, ben voyons, fût-ce au risque de glisser vraiment sur la mousse, vraiment, puis de pousser, dans les sifflements des sauterelles, les cris fameusement sauvages que nous attendions tous, ces braillements *très* particuliers, ces hurlements proprement démoniaques qui possédaient invariablement la vertu secrète, et quasi-souveraine, de réjouir énormément la compagnie, en déclenchant sur le champ l'hilarité générale, provoquant du même coup des torrents de larmes, puis des tonnes de gouaille et des sanglots longs comme ça, ta tête sur mon épaule et de la joie comme jamais...

Jusqu'à ce qu'évidemment, ma chère maman finisse par s'inquiéter, très sérieusement, avant de s'approcher avec crainte, du rocher, tout en tirant, très violemment, son voisin par le bras, et plus vite, et plus fort... puis, protestant avec véhémence de son bon droit, dilapidant beaucoup d'éner-gie pour ça, c'est-à-dire pour rien, affolée et terrorisée autour d'Harvey, elle gesticulait en vain, sans entendre.

Rien, ni les rires, ni les cris, ni, surtout, le silence mesuré du soleil... Et je vois comme hier, comme toujours, je vois le long visage maternel, ces larmes sans retenue, ce regard vide que je croyais froid, et qui inspectait *en détail* le grand corps d'Harvey, rigoureusement inerte, volontairement effrayant, incontestablement malicieux et superbement immobile, à demi dissimulé par les herbes et les branchages. Or, à vingt ans de distance, ou plus, Harvey, éternellement immobile dans ses branchages, Harvey gardait, *mine de rien*, la même et terrible technique : avoir un oeil partout, ne jamais le laisser voir, puis détourner constamment l'attention générale vers l'accessoire et le futile, tout en se réservant ainsi, soigneusement, l'essentiel.

Deux

A mes débuts, j'avais dû, pour ainsi dire, réussir à me frayer un chemin, l'un des plus compliqués que l'on puisse imaginer, au travers des nombreux pièges qu'aime à tendre la profession. Que de difficultés ! Or, curieusement, l'une des plus sérieuses d'entre elles se révéla vite être de taille à me faire accepter par tout un cortège de collègues, hélas éminemment malveillants, hautement médisants et, surtout, exagérément méfiants envers les étrangers. Ainsi, à mon arrivée dans la région, ni les uns ni les autres n'avaient vraiment voulu donner cher de ma peau. Ostensiblement, et tout en gardant ouvert le couteau dans la poche, ils n'étaient pas loin, naturellement, de m'avoir, mais un peu vite, jugé bien incapable de les affronter tous à la fois, comme de pouvoir, moi aussi, creuser mon trou, du moins suffisamment profondément pour que l'on décide de m'y laisser pourrir en paix. Soit !

C'est par l'intermédiaire d'Eva, sans doute, et de loin la plus en vue de toutes les secrétaires du patron, par elle, fort gentiment, qu'ils m'avaient averti que je n'étais sûrement pas à la veille, ça non susurraient-ils, pas à la veille de parvenir au bout de mes peines si, du moins, je m'obstinais sérieusement, outrancièrement dans ma décision de m'établir définitivement là, parmi eux. A leurs yeux, en effet, si je devais persévérer dans cet entêtement, la logique voulait que je m'empêtre, comme eux tous l'avaient fait auparavant, dans une série d'embarras, d'embûches compliquées, dont ils ne souhaitaient pas vraiment me dévoiler la teneur mais dont il était à craindre qu'ils engendreraient les plus pénibles conflits qui soient, et dont, avec un minimum d'imagination, je pouvais facilement deviner les funestes conséquences. En effet, il fallait voir, insinuèrent-ils, que mon intrusion risquait, ni plus ni moins, de bousculer pour toujours, et presque inévitablement, l'organigramme secret de l'hôpital, puis la stricte hiérarchie des différents médecins, et donc la situation infiniment fragile de ces trop nombreux notables, de ces soi-disants tels qui, d'une année sur l'autre, et depuis des lustres, s'appliquaient, avec une minutie d'horloger, une patience de fourmi, à se placer convenablement les uns par rapport aux autres les uns face aux autres, les uns contre les autres. Eva, elle-même, ne s'était guère encombrée de diplomatie pour me mettre, d'emblée, les points sur les "i". Eva, dont j'avais d'ailleurs, un temps, tenté en douce d'obtenir les faveurs. En réalité je ne m'étais avancé sur ce terrain miné qu'avec la plus extrême prudence, la prudence d'usage en pareil cas, me limitant donc, au début, à me montrer simplement courtois, attentif à sa présence à mes côtés. Mais, par la suite, assez vite encouragé par ce que je prenais, à tort, pour des succès et qui n'étaient, en réalité, qu'une succession de pièges diaboliques destinés à me faire chuter, je m'étais décidé à la courtiser plus fiévreusement qu'auparavant, m'employant alors à la séduire tous azimuts, buvant constamment ses paroles dans le calice quasi-velouté de ses lèvres, bredouillant volontairement les pires bêtises quand elle m'adressait la parole, et de plus en plus extraordinairement fasciné, bien sûr, par le très léger et très savant déhanchement de sa silhouette, jusqu'à vouloir l'approcher sérieusement, mais, alors, beaucoup plus méthodiquement que jamais, peu à peu, même, vraiment grisé par l'arrogante courbure de sa poitrine, par la trop parfaite cambrure de ses reins,par l'adorable souplesse de sa nuque, juste avant de m'apercevoir, mais presque miraculeusement, dans la dernière ligne droite, au tout dernier moment, juste avant de comprendre, donc, que je n'étais pas, *et loin s'en fallait*, le seul, sur les rangs. Eva...

Curieusement, après la publication, bien trop précipitée au goût de certains, de mes deux articles dans *l'International Journal of Cardiology*, tous mes collègues de l'hôpital, tous, sans aucune exception, ou presque, m'avaient assez chaleureusement applaudi. Chacun à leur façon, c'est entendu, mais tout de même... Tous. Ils avaient tous tenu à me témoigner leur profonde *admiration*... m'avaient même, tous, assuré de leur immense *sympathie* et m'avaient, tous, vraiment vivement encouragé à poursuivre mon oeuvre sans plus tarder. Tous.

A l'origine, ils avaient ainsi su parfaitement conjuguer les plus extrêmes amabilités, et la plus grande persuasion, pour m'obliger à donner un peu plus d'ampleur, un peu plus d'épaisseur et un peu plus de substance, à chacune de mes hypothèses...

Et, en termes volontiers flatteurs, ils m'avaient longuement exhorté à élaborer, d'un bout à l'autre, une théorie radicalement nouvelle pourvu que celle-ci se révèle, cette fois, en accord absolu avec la totalité de mes analyses et, surtout, en accord profond, presque intime, charnel, avec ces deux fameux principes qui semblaient si fort les séduire, et que j'avais, déjà, pourtant abondamment illustré dans mes papiers. Peu importe. Ils voulaient m'inviter, par là-même, à oser exposer dès maintenant, franchement, et *publiquement*, l'ensemble de mes conceptions, tout ce dont le caractère assez audacieux, voire très novateur disaient-ils en substance, ne leur avait nullement échappé, et n'avait, d'ailleurs, probablement, guère pu échapper à grand monde, insinuaient-ils dans le même mouvement, malicieusement, avant de poursuivre, quelque peu emportés par un enthousiasme tangible et protéiforme, avant de poursuivre que rien de cela ne pouvait rester dans l'ombre bien longtemps. Admettons ! Or, peu après, ils avaient été, manifestement, sérieusement ébranlés dans leurs convictions, avant de se déclarer même tout à fait offusqués par les attaques successives dont, maintes fois, j'avais été la cible, puis la victime, et ce grâce à la complicité malveillante, et scandaleuse, de toute la presse spécialisée.

Quand nous nous croisions dans la cour, ou dans les couloirs de l'hôpital, mes collègues m'assuraient ainsi, assez spontanément, de leur entière solidarité avant de m'affirmer, aussitôt, avoir été passablement horrifiés par toutes ces agressions sauvages dont ils réprouvaient le principe, oui bien sûr, et qu'ils qualifiaient même, un peu vite, et facilement, de terriblement sordides, agressions qui m'obligeaient, hélas, à réfuter continuellement les plus graves accusations, celles dont j'eus bientôt à me défendre pour de bon, et une fois pour toutes, devant la justice. Aussi, dès le début des événements, ils s'étaient, comme d'un commun accord, quasiment engagés à élaborer une très cinglante riposte, qu'ils avaient souhaité collective, aux dénigrements de toutes sortes dont j'étais devenu quotidiennement l'objet. A cet effet, ils s'étaient tous groupés derrière l'autorité morale d'Harvey, affectant tous, sans presque aucune exception, devant cette tâche, un activisme débordant, déclarant même, péremptoirement, qu'il était d'une urgence absolue de faire valoir mes droits tant, d'ailleurs, aux yeux de mes concitoyens, qu'aux yeux du monde entier, et même à ceux, ignoblement aveugles dirent-ils, de la communauté scientifique internationale. Puis ils avaient longuement insisté, tout aussi haut et fort, et avec tout autant de courage que de détermination, sur le souci légitime de défendre pied-à-pied l'ensemble de mes recherches dont affirmaient-ils en choeur, nul ne pouvait encore soupçonner l'importance bien que nul, ajoutaient-ils également, ne pouvait plus désormais en ignorer l'intérêt. A voir.

Ainsi, lors d'une conférence de presse pratiquement improvisée, et organisée si j'ai bonne mémoire, peu après que les journaux eurent annoncé officiellement la candidature d'Harvey aux élections locales, ainsi donc, pavanant longuement et bruyamment devant les caméras qui tournaient sans discontinuer, les nombreux médecins hospitaliers présents ce jour-là s'étaient, tout à fait publiquement, déclarés *scandalisés* de devoir constater, jour après jour, l'infinie médiocrité des différents arguments développés ici ou là, un peu partout, par la multitude arrogante et jacassante qui entendait me porter la contradiction jusque sous mon nez. Ils avaient même assez largement évoqué la nullité terrible, et proprement terrifiante dirent-ils, de tous ces pseudo-débats pseudo-théoriques, pseudo-philosophiques et pseudo-idéologiques, bref, ces bavardages de perroquets insanes qui surgissaient de partout, de nulle part et d'ailleurs, à l'aube déjà trouble du troisième millénaire. Ils rappelaient même, à l'occasion, que s'ils ne partageaient pas, loin s'en fallait grimaçaient-ils, la totalité de mes conclusions, ils ne pouvaient permettre à personne d'user de mauvais prétextes pour m'interdire la parole, soulignant même, à point nommé, que quelle qu'ait pu être la validité réelle de mes travaux, il était proprement inadmissible, et réellement insensé, que des scientifiques de renom puissent ainsi traiter l'un de leurs homologues, fût-il, comme je l'étais sûrement, largement inexpérimenté ou, du moins, assez imprudent dans ses hypothèses et, en réalité, surtout, infiniment trop hâtif dans les différentes extrapolations qu'il proposait à ses lecteurs. Même s'ils admettaient que je m'étais montré exagérément imprécis dans mes démonstrations, et même, parfois, honteusement insolent envers mes anciens maîtres, envers mes vieux patrons, envers Harvey, il y avait, dans le procès que d'aucun s'acharnaient à m'intenter, malgré tout, à leurs yeux, il y avait, de la part de mes censeurs, une attitude qu'ils estimaient proprement abjecte et pitoyable, sans doute volontairement écoeurante, et donc particulièrement affligeante pour l'esprit humain, du moins pour la portion la plus rationnelle de celui-ci.

Drapés de leur suffisance et discutant à tout-va dans les salles communes de l'hôpital, même durant la prestigieuse, religieuse visite du patron, ils n'en finissaient pas de vouloir statuer sur mon cas. ECHAFAUDANT jour après jour un programme ambitieux destiné à contre-attaquer victorieusement, foudroyant déjà l'adversaire en pensée par la pertinence résolument féroce de leurs discours, ils passaient très minutieusement en revue la vaste panoplie des armes dont ils espéraient tirer profit, les polissaient sans fin l'une après l'autre, les astiquaient continuellement, puis s'éternisaient, régulièrement, en des conciliabules passablement compliqués par lesquels ils tentaient, sans fin, de gagner définitivement à *la* cause leurs collègues les plus réservés, ceux d'entre eux qui restaient, contre toute logique, bien trop peu convaincus pour suivre le chemin qu'ils entendaient tracer dans la tourmente, effrénée, du combat.

Afin de clouer le bec à l'ennemi, ils s'étaient tous échinés, tous chacun de leur côté, à pondre rapidement un papier, évidemment très bien ficelé, et destiné, en priorité, à circuler illico dans toutes les salles de rédaction des quotidiens locaux. Puis ils s'étaient aussi arrangés pour signer, trois mois plus tard, collectivement cette fois, un ouvrage fort volumineux, fort bien écrit et probablement fort érudit, un monument de connaissances dont ils s'étaient empressés de présenter la maquette à la presse, soulignant qu'ils tenaient là, manifestement, une espèce de bible pour ce qui concernait la question cruciale dont ils s'étaient, ensemble, abondamment fait les chantres, à savoir la douteuse réalité de la vraie liberté d'expression dans les milieux médicaux du monde occidental. Vérité, liberté, réalité, tout cela semblait sonner clair, fort et sain, au moins autant que l'écho des trompettes dans les westerns de John Ford. Aussi, pour prouver la totale indépendance dont ils estimaient s'enorgueillir, pour insister davantage quant à leur magnifique objectivité, ils envisagèrent, froidement, de prendre définitivement leurs *distances* écrivirent-ils, avec les deux articles fréquemment incriminés qu'ils avaient, d'ailleurs, eux aussi crurent ils bon dc rapporter peu après, eux aussi unanimement jugés à la fois beaucoup trop approximatifs pour avoir été publiés tels quels, et même bien trop prétentieux de la part de quelqu'un comme moi, de la part d'un simple *exalté* dirent-ils, de la part d'un jeune *révolté* firent-ils, de la part d'un *ambitieux* ajoutèrent-ils, de la part, hum, huuum, d'un *va-t-en-guerre* signalèrent-ils, de la part d'une *tête brûlée* à la cervelle de moineau, pas moins, précisèrent-ils en choeur, aux journalistes présents ce jour-là.

Mais, après leur global échec politique, c'est-à-dire surtout après l'échec personnel d'Harvey, ils avaient été nettement moins fiers. Profitant de leur présence à mes côtés au tribunal, ils avaient pointé, en ricanant longuement, les multiples imperfections de la démocratie parlementaire à l'Européenne, sans hésiter à pourfendre, dans le même mouvement, tant la clique bêlante des moralistes, que celle des jésuites, ou que cette bande d'énergumènes complètement corrompus, frénétiquement accrochés aux rênes délicieusement dorés du pouvoir, bref, tous ces tenants saumâtres de la médiocratie établie et du ronron de l'intelligence assoupie, tous ces personnages boursouflés affirmèrent-ils, tous ces voyous vraiment véreux qui étouffent si bien d'une main ce qu'ils feignent, hypocritement, d'encourager largement de l'autre, grognèrent-ils. On connaît ça.

Trois

Trois mois plus tard, au cours du terrible procès qui s'ensuivit et qui fit d'ailleurs du même coup ma fortune et ma gloire, en me rendant immensément célèbre quasiment du jour au lendemain, au cours de cet interminable procès durant lequel le Ministère Public s'efforça de m'accuser successivement de tous les maux possibles, à savoir d'abord, et principalement, de plagiat, puis de crapulerie répugnante et de perversité éhontée, puis, devant mon évidente révolte, de mensonge grossier et même de falsification grotesque et systématique de document, pas moins, au cours donc de ce *second* procès, mes collègues, mes admirateurs, mes chers confrères, tous solidement unis sous la brillante bannière d'Harvey, tous se constituèrent alors officiellement en comité de défense. Celui-ci, d'abord assez informel, dût très vite s'organiser efficacement, en raison des batailles qui se dessinaient et qu'il s'agissait de mener tambour battant, lesquelles paraissaient en effet se multiplier de jour en jour, hélas, et sans qu'il soit jamais possible d'en deviner le dénouement. De prime abord uniquement destiné à soutenir mon action, le dit-comité s'engagea, alors, à garantir, à tout moment, l'honneur sacré de la science, à savoir les intérêts de celle-ci, voire, plus prosaïquement au début, les intérêts supérieurs de l'hôpital dont l'adversaire politique du grand patron entendait, ni plus ni moins, purger rapidement les finances. Rien que ça ! Simultanément, ne murmurait-on pas, curieusement, ici ou là, que les premières indiscrétions concernant la comptabilité de l'établissement permettaient, sûrement, de prévoir la découverte imminente des plus graves irrégularités qui soient, dont, très exagérément méchante langue, la folle rumeur publique soupçonnait, déjà, que l'équipe toute entière ait pu largement profiter, comme pouvait d'ailleurs facilement le laisser supposer l'ahurissant standing d'Harvey, ou même celui de ses proches collaborateurs qui, tous, ou presque, roulaient tranquilles en Cadillac, fumaient des Havanes à longueur de journée et, le samedi soir, ni plus ni moins, se goinfraient de caviar et de langouste farcie, de foie gras et de sauterelles grillées, et ce dans les restaurants grillées, et ce dans les restaurants les plus huppés de la région, ceux qui jouxtent le golf, derrière le casino, le long de la baie, plein sud face à la mer. Tout cela n'était, bien sûr, que ragots inopportuns, malveillances sans fondement, mais tout de même... Chacun en ville peut d'ailleurs couramment constater que tous ces jeunes médecins élégants ne se gênaient guère pour s'offrir régulièrement des séjours particulièrement prolongés, tant aux Seychelles qu'à Papeete, à Bora-Bora qu'aux Marquises, à Hawaï qu'aux îles Fidji... Vraiment, on croit rêver, répétait-on sur les trottoirs, dans les boutiques ou dans les cinémas, et de plus en plus ouvertement.

Avec la frénésie magnifique des prétendants au trône, le secrétariat du Comité, ou plutôt son infatigable président, l'intraitable Harvey, le singe boute-en-train de mon adolescence, Harvey, mon oncle, s'était spontanément multiplié pour lancer, dans toutes les directions possibles, des dizaines et des dizaines de pétitions indignées, des centaines et des centaines de requêtes exaspérées, des motions par wagons, toutes pour le moins fracassantes. Il s'était, manifestement, dépensé sans compter, que ce soit à la télévision nationale ou en effectuant de ci de là, pour promouvoir ses idées, une série d'interventions, toutes plus talentueuses et brillamment passionnées les unes que les autres. Heureusement, toute cette lumineuse agitation lui avait rapidement valu, tant dans la région que dans l'ensemble du pays, avouons-le, l'admiration authentique de la population toute entière, cette fois immensément fascinée par ses différents coups d'éclats, ce qui n'avait pas manqué d'engendrer aussitôt le respect certain de toute la classe politique, sans même parler de cette véritable *vénération* que lui vouaient, maintenant, tous ses pairs de l'Académie de Médecine, ainsi que ceux du Cercle International de Morale Scientifique, comme ceux, enfin, du Collège Royal Britannique de Chirurgie Viscérale où il venait juste, sur ces entrefaites, d'être nommé, désormais, à part entière.

Cependant, pour éviter de me causer du tort, il refusa toujours, obstinément, de prendre officiellement mon parti, en dépit, bien entendu, des malicieux clins d'oeil de tous ces journalistes bavards qui l'accompagnaient quotidiennement, tous trop facilement pousse-au-crime car, bien trop impatients de le voir trébucher, hésiter ou se contredire, pour ne réussir, en fin de compte, qu'à s'embrouiller prodigieusement dans une série d'explications maladroites et franchement inutiles. En vérité, le Comité estima même nécessaire de s'en tenir aux trois ou quatre grands principes sur lesquels s'appuient, ordinairement, l'humanité prétendument civilisée. Ainsi, pour justifier leur action, ils invoquèrent successivement le droit naturel à l'existence, comment le leur reprocher, puis la justice la plus élémentaire, et bientôt le bon droit reconnu aux simples citoyens comme eux, la bonne justice directement héritée des Lumières ou, plutôt, le bien et le mal. Précisément cela, d'ailleurs, le mal... Celui que je m'étais manifestement fait en publiant trop vite ces deux articles, le mal, celui qu'ils s'étaient ensuite donné pour préserver mon inestimable pureté et réussir, enfin, à défendre mon honneur. Le mal ? Les anges...

De même quand, plus tard, l'administration centrale me raya brutalement de ses cadres, en me supprimant purement et simplement, et du jour au lendemain, à la fois mon salaire, mais aussi tous ses petits à-côtés, avant de me chasser comme un malpropre, et manu-militari, de mon appartement, puis avant de me couper définitivement les vivres, plus tard, donc, toute la confrérie de l'hôpital, réunie pour l'occasion en assemblée générale extraordinaire, toute la confrérie, et sans presque aucune exception, se prononça farouchement pour que je puisse, tout de même, circuler quelque temps un peu sous la surveillance discrète, quoiqu'attentive, d'un policier en civil. Puis mes généreux collègues exigèrent *impérativement* que l'on me permette, à l'occasion, de revoir d'anciens malades, à savoir d'anciens clients, ou plutôt d'anciennes fréquentations, fut-ce en compagnie d'un officier de justice, dont le rôle, en l'occurrence, devait plutôt consister à préserver mon entière liberté de mouvement que le contraire, et ce en quelque circonstance que ce soit. Peu après, la petite troupe évoqua, presque en chahutant, l'idée, bien naturelle, que je devais pouvoir recevoir maintenant, de la part du Trésor Public, un subside régulier, un subside fût-il très modeste, au besoin une petite pension de rien du tout, un petit-quelque-chose, une somme d'un montant au demeurant simplement symbolique, voire insignifiant, mais dont le principe, symbolique justement, leur apparaissait, à tous réellement intangible. Avec ce talent inimitable dont les journalistes les avaient souvent crédité, ils avaient, aussi, énormément insisté pour que je bénéficie, malgré tout, des quelques avantages en nature liés à ma précédente condition. Bien sûr, dans leur esprit, il ne pouvait s'agir là de rien d'autre que de miettes, de vulgaires vétilles sans aucune valeur avaient-ils longuement ironisé à destination expresse de l'administration, avant qu'hélas les intendants hospitaliers, dans leurs majorité, n'y mettent définitivement le holà, ne s'y opposent farouchement et réussissent, sans d'ailleurs la moindre difficulté, à convaincre la toute nouvelle direction de la pertinence absolue de leurs convictions. Point final. Triple point final.

Car, peu à peu, toutes ces discussions de marchand de tapis, tous ces palabres manifestement inutiles, toutes ces complications sans fin n'avaient abouti qu'à me casser prodigieusement les pieds en me détournant même lentement de mes anciens travaux... Sans y prendre garde, peu à peu, progressivement, je commençais par éviter systématiquement de répondre de manière positive aux diverses invitations dont on me gratifiait fréquemment, et en profitais, simplement, pour me réfugier chez moi à la moindre occasion. De beaucoup en effet, je préférais bientôt m'occuper de mon jardin potager dont l'entretien, l'inspection régulière et la nécessaire mise en valeur me demandait énormément de disponibilité, ou plutôt énormément de patience, d'abnégation et de courage, tout en me comblant, fort heureusement, chaque jour un peu plus, de satisfaction grandement méritée et en m'offrant donc, quotidiennement, tout un lot fabuleux de joies véritables.

Quatre

Franz, mon collaborateur direct, mon homme de confiance, Franz dont j'avais précisément fait la connaissance au cours de l'un de mes voyages, effectués autrefois pour le compte de *l'International Journal*, Franz, lui aussi, s'y dépensait presque tous les jours sans compter. Comme moi avant lui, sans doute s'était-il pris d'un peu d'affection pour ce vaste domaine, ce petit morceau de paradis récemment offert par la direction du journal, en remerciement des multiples services que je leur avais, m'a-t-on appris, si bien rendus. Sans doute Franz s'était-il, lui aussi, laissé tranquillement séduire par ces plantations et ces pommiers, puis par le silence un peu hâtif des plates-bandes et des massifs circulaires où nous décidâmes, plus tard, d'entreprendre la culture systématique des plantes d'agrément.

En effet, c'est à Franz que je dois ma jubilation prodigieuse quand, dans la fraîcheur rosée du printemps, enveloppés de ce silence ouaté que distillent les premiers matins du mois de mai, quand, donc, germent de nouvelles pousses, fleurissent les narcisses, éclosent, surgissent et s'épanouissent les alignements colorés de nos géraniums. C'est aussi à Franz que je dois de détester autant le liseron sauvage dont les lianes filandreuses étouffent toujours, presque complètement, les autres plantes. C'est encore évidemment à Franz que je dois d'aimer les glaïeuls flamboyants dont les longues tiges rigides s'élancent fièrement à l'assaut du soleil. C'est toujours à lui que je dois de préférer, entre tous, ce superbe azalée, que nous avons nous-mêmes planté, et qui grandit lentement au bord de l'allée, comme un éclatant buisson de corail, dans l'océan presque infini de notre univers de jardiniers. C'est à Franz que je dois d'exécrer désormais les roses autrement qu'en bouton, que je dois de les couper systématiquement dès lors qu'elles commencent à rougir, que je dois, aussi, de vomir l'odeur suave et légère des oeillets, comme l'aspect joufflu des pivoines, ou d'élever convenablement un lilas, car *notre* lilas, lui, hélas, ne s'était jamais *vraiment* bien adapté chez nous, n'avait jamais *vraiment* totalement pris, pire, n'avait toujours donné que des feuilles, de mauvaises feuilles jaunes, sales et racornies, et jamais une seule fleur.

Travaillant vigoureusement, et très consciencieusement, silencieux comme seuls savent l'être de vrais professionnels, nous nous étions lancés, acharnés, à bêcher du matin jusqu'au soir, retournant la terre sans nous accorder un seul instant de repos, sarclant tranquillement nos plans dès le lever du soleil dans l'espoir, peu après, de nous consacrer, alors quasi-exclusivement, aux soins attentifs et réguliers, que semblaient réclamer ces arbres fruitiers, lourdes silhouettes opulentes dont les feuilles pâlissaient si vite, se recroquevillaient sous nos yeux, se desséchaient, se flétrissaient littéralement si nous osions nous détourner, ne serait-ce qu'un laps de temps, de leur entretien quotidien.

Adorable chef-d'oeuvre à l'édification duquel nous avions consacré la presque totalité des soirées les plus chaudes de l'été, notre abri de jardin, entièrement charpenté de sapin, nous permît de ranger facilement, à portée de main, tant nos outils, nos graines ou nos semis, que quelques ouvrages d'horticulture, une tonne d'énormes bouquins de botanique avec, en prime, une pile assez impressionnante de revues spécialisées, hélas vite noyées sous un impossible fouillis, fatras tout à fait formidable, bric à brac épouvantable et incroyablement poussiéreux où, dans un désordre monstrueux, se mêlèrent en quelques semaines tant l'inutile que le précieux, le futile que l'essentiel. Or, au bout de ces quelques semaines, justement, malgré mes craintes les plus secrètes, les planches, minutieusement vernies par nos soins, se révélèrent suffisamment efficaces pour nous protéger de ces pénibles intempéries qui, durant la mauvaise saison, perturbent trop souvent notre besogne, nous obligent, naturellement, à l'interrompre en toute hâte, pour nous réfugier au sec, et en profiter, alors, pour nous enfiler un petit-quelque-chose, gin-cassis, joker-citron ou limonade-cerise, avec un petit-rien de derrière les fagots, un trois-fois-rien que nous avalions sans mot dire, mais toujours en observant le ciel éternel, les traînées sombres de la pluie, l'inquiétant amoncellement de ces noirs nuages de tempête que déchirent, régulièrement, les blanches promesses du printemps. Le regard constamment perdu dans le moutonnement lointain des collines, nous restions alors attentifs au lourd silence de la terre sous nos pieds, à la campagne et au bocage assoupis, à la fade humidité de ces vastes prairies où, depuis toujours, animaux et végétaux confondus, indissociable palpitation de la vie, semblent se fondre dans la lumineuse clarté des abers comme si, insensiblement, toute existence n'avait jamais d'autre issue que de s'incliner pour s'effacer, s'oublier, et s'abîmer, dans la verdure bleutée de la mer.

Ainsi, avions-nous, nous-mêmes, agencé les différents éléments de l'abri avant d'en installer le soubassement, avant donc de chercher, à cet effet, le meilleur emplacement possible, sans aucun doute le centre précis du terrain, c'est-à-dire entre ce saule-pleureur particulièrement majestueux qui nous préserve souvent, l'été, des quelques excès du soleil et, déjà largement dégarnie aux mollets, l'interminable haie de thuyas qui sépare notre modeste domaine de celui, aujourd'hui complètement abandonné, de nos voisins les plus proches.

Malgré ma maladresse, j'avais participé activement à l'assemblage de l'ensemble. En effet, j'avais d'abord creusé le sol, quasiment de mes propres mains, puis charrié tout seul, ou presque, le gravier de l'allée, afin de le disposer autour des fondations, puis oeuvré personnellement à confectionner le béton avant de couler l'épaisse dalle de soutènement qui permet de mainte-nir l'équilibre général, et dont il avait fallu, plus tard, vérifier si souvent la stricte horizontalité. Franz et moi avions alors emboîté les planches latérales les unes dans les autres, puis scié, avec application, les différents chevrons de la construction, puis poli, comme des fous, le chambranle délicat des ouvertures du fond avec, sans doute, la même inégalable minutie dont j'avais récemment fait preuve au cours de mon procès, quand, le plus calmement du monde, je m'étais patiemment efforcé d'expliquer à mes juges les étapes successives de mon analyse, puis les raisons très précises de mon intuition initiale, la trop terrible logique de mes déductions, l'enchaînement quasi implacable de mes conclusions et surtout, *surtout*, l'ignoble méli-mélo dans lequel je me débattais désormais pour tenter de démontrer *après coup*, aux uns et aux autres, à la terre entière, l'antériorité magistrale de mes travaux au regard de ceux de l'Université de Princetown, ou, plus exactement, au regard de ceux des professeurs Zwey et Laurence, les Dupont and Dupont de la biologie cardiaque qui, sans nul doute, dépensaient à eux deux des mille et des cents, des sommes véritablement fabuleuses, destinées à me réduire à néant, à m'envoyer au tapis pour de bon, en gagnant, alors, définitivement la partie.

Quelquefois, les groupes de journalistes, souvent postés ici ou là aux environs, s'aventuraient en bavardant jusque sur le sentier qui longe le canal. Or celui-ci, avant de rejoindre la Sée, contourne complètement le vaste cimetière de la ville et accompagne donc, un assez bon moment, les pelouses soigneusement fleuries de la propriété. Invariablement, c'était là, juste devant nous, qu'ils se campaient. Rapaces indolents et silencieux, ibis immobiles, prudemment juchés un peu partout, qui sur un talus, qui sur les branches noueuses du premier chêne venu, peu à peu médusés par le rythme résolument paisible, ici, là, ailleurs et plus loin, à nous observer, Franz et moi, jour après jour. Puis, régulièrement enhardis par cette indifférence dont nous avions appris à entretenir savamment le mystère, ils s'approchaient lentement de la grille, les uns à la suite des autres, pour nous aveugler d'un seul coup, brusquement, avec les flashes terriblement saccadés de leurs appareils photo quand nous avions le malheur de nous tourner dans leur direction, même légèrement, et même à peine une seconde. Puis ils se collaient le bec dans les barreaux pour, surtout, ne pas perdre une miette des lambeaux de notre conversation, ces discours pourtant bien insignifiants, ces phrases toutes faites, et bien préparées, que nous laissions obligeamment échapper, à leur intention expresse, tout en clignant ostensiblement de l'oeil, et en ricanant continuellement sous cape.

Parfois, ils poussaient le bouchon nettement trop loin et insistaient exagérément pour tenter de s'introduire, en fraude, dans l'enceinte même du manoir avec l'espoir, pourtant insensé, d'approcher notre retraite d'un peu plus près... Je les en avais toujours sévèrement dissuadés, nonchalamment appuyé que j'étais sur le manche de mon râteau, ou alors tranquillement planté au milieu de l'allée, ou bien bavardant sans façon de mes préoccupations du moment et donc, surtout, légitimement tourmenté au milieu de la pousse beaucoup trop rapide de mes arômes, ainsi que par celle des fleurs en bulbe, toutes celles que nous avions régulièrement plantées, l'automne dernier, le long de la façade principale, depuis le rosier grimpant et jusqu'à ce framboisier sauvage, injustement relégué dans le fond du jardin. Je n'invente rien.

Cependant... Cependant, comment, ce matin-là, s'étaient-ils glissés jusqu'à nous ? Les salauds. Comment s'y étaient-ils pris pour tromper aussi facilement notre vigilance et se retrouver tous de ce côté-ci de la barrière, un peu gênés, tout de même, d'y être parvenus sans trop de difficultés, et surtout sans avoir eu à nous réclamer une nouvelle fois cette fameuse autorisation qui leur était toujours obstinément refusée ? Et pourquoi donc Franz, d'ordinaire si prudent, en profita-t-il *ce jour-là*, pour se laisser aller à ces drôles de confidences dont, généralement, il me réservait la primeur... Pourquoi s'était-il adressé soudain sans aucune retenue à la petite bande bruyante qui se tenait encore à distance mais qui, avec une trop évidente avidité, lorgnait déjà vers le perron du château, puis vers la tache un peu sombre du corridor, puis vers la porte légèrement entrebâillée et, surtout, vers l'éclair fugitif du soleil dans la glace de la salle à manger ? Et pourquoi, aussi, le visage éternellement blessé de Franz, avait-il paru pouvoir *enfin* s'éveiller ? Trop longtemps, peut-être, s'était-il fatigué, lui aussi, en observant le vol silencieux des oiseaux migrateurs dont les longues cohortes, majestueuses et ordonnées, filaient régulièrement vers le sud, organisant ainsi au zénith, en des lettres d'azur, les figures quasi-géométriques d'un alphabet de la fuite... Telles les pages d'un abécédaire de l'esquive, elles semblaient lui indiquer, perpétuellement, le chemin du repli, celui de l'éternel départ vers l'ouest, l'extrême ouest, et l'extrême intérieur. D'ailleurs Franz n'avait-il pas avoué, ce jour-là, quoiqu'à demi-mots, sa terrible nostalgie de Zhéroviche ? Evoquant la vieille ville, si souvent suppliciée par l'Histoire, si souvent violentée par les chars, une fois dans un sens, une fois dans un autre, une fois sur le ventre, une fois sur le dos, Franz avait, alors, paru vouloir transporter le petit groupe qui l'écoutait, jusque dans le labyrinthe mystérieux des étroites et sinistres ruelles, pentues et pavées, dressées contre le ciel, balayées continuellement par la pluie, le vent, ou la misère du monde. Entre les mots, il nous avait abandonné, en route, dans la lourde fumée poisseuse des usines, au milieu du tintamarre sacré des machines, dans la fureur, dit-il, monstrueuse, et mécanique, des outils. Zhéroviche, nichée dans les montagnes, depuis toujours lovée dans les forêts, mais dans ces forêts désormais rongées par l'acide, c'est-à-dire en plein coeur de l'Europe, de cette Europe uniformément grise, là où, pour ainsi dire, le jardinage était devenu, par la force des choses, une activité de la plus haute importance, nous fit enfin savoir Franz qui gardait, mystérieusement, les yeux clos.

"Zhéroviche où la plupart des citoyens se révèlent, à l'heure actuelle, de véritables spécialistes de la culture maraîchère..." nous annonça Franz.

"Zhéroviche qu'il conviendra bien de considérer, un jour prochain, comme la nouvelle Mecque du jardinage... Car, en réalité, presque tous les habitants de la ville possèdent maintenant, peu ou prou, un lopin de terre dans les environs... si bien qu'ils y passent, aujourd'hui, la quasi-totalité de leurs loisirs." avait-il affirmé tranquillement avant d'ajouter :

"En somme, tout leur temps libre y est maintenant consacré... A condition, bien sûr, de réussir à s'échapper des trams, des pavés et des multiples tracas de la circulation..." avait-il insisté en s'adressant aux journalistes qui faisaient une espèce de cercle attentif, et approbateur, autour de lui.

"Moi-même," continua-t-il, "moi-même, autrefois, quand je logeais dans cette sinistre cité ou, plus exactement, quand je logeais dans sa banlieue la plus immédiate, avec ma femme, mes trois enfants, et toute la belle famille... quand, très régulièrement, je me rendais à l'Université... et que le pouvoir en place me permettait même de professer en tout légalité... avant la publication de mes deux articles dans la presse britannique... avant donc que je ne mette le feu aux poudres en révélant ce que vous savez, j'étais moi-même *déjà* un vrai mordu du potager." nous avoua Franz en balançant la tête et en remontant lentement, gravement, l'allée de gravier. Silence respectueux dans les rangs ! Silence nettement embarrassé. Alors j'ai proposé aux journalistes de boire un verre en notre compagnie, puis ai désigné, à cet effet, notre petit abri en sapin blanc dont l'ouverture principale donnait sur les collines, et d où l'on distinguait facilement, parmi les tourbillons encore fauves de l'aurore, superbes et silencieuses, quelques fermes disséminées, auréolées comme jamais d'un écrin de brouillard. Doucement, l'ombre légère qui nous avait accompagné jusque là durant les toutes premières heures de l'aube chavirait, peu à peu, pour se déliter lentement sur l'horizon déjà rayonnant.

"Tout le confort !" lançais-je à la cantonade afin de détendre l'atmosphère.

"Nous avons ici, messieurs, tout le confort nécessaire ; quelques sièges, un réchaud, et de quoi cuisiner. Que pourrions-nous donc espérer de plus ?" ai-je demandé alentour.

"C'est un vrai paradis..." ajouta Franz en s'asseyant dans son coin.

"Quel endroit réellement sympathique ! lumineux même..." osa l'un des journalistes en ouvrant de gros yeux ronds.

"Oh... Simplement naturel..." murmurais-je. Vraiment tout ce qu'il y a de plus NA-TU-REL, pensais-je sans comprendre.

"Il n'empêche," reprit notre homme qui s'apprêtait à décapsuler une canette de bière entre ses dents, "il n'empêche... Les gens de votre acabit, les gens de votre trempe, les gens de votre espèce ! Que dis-je ? Il n'empêche, ça devient de plus en plus rare. Trop rare même... Sans doute" fit-il, pensif, en nous observant alternativement, Franz et moi.

"Vous êtes bien trop aimable, Monsieur." répondis-je tout en clignant de l'oeil à Franz, comme s'il devait toujours demeurer là à m'écouter, à me parler, à me rassurer, à me réconforter, et à m'encourager, sans jamais se laisser aller au désespoir le plus profond, comme pourtant tant d'autres avant nous. Avant lui.

Ainsi, au milieu des cancans et des jérémiades, dans l'infinie légèreté d'une joie de jardinier, j'en oubliais presque le principal : mon acharnement perpétuel à me persuader que cette affligeante végétation m'était réellement devenue peu à peu bien plus chère que la considération aujourd'hui perdue de mes pairs... Tout de même !

Alors, une bêche à la main, et le regard fatigué par la perspective prochaine de quelques durs travaux de terrassement, j'appris, presque par hasard, de la bouche d'un des lascars présents, la prodigieuse nouvelle qui semblait tous les tarauder depuis la nuit des temps. On venait, en effet, ni plus ni moins, de décerner à Franz le prix Nobel de Médecine, récompensant ainsi, mais bien trop tard, ses trop fameux travaux sur la biologie cardiaque, travaux dont Zwey et

Laurence m'accusaient maintenant, quasi-ouvertement, de m'être assez largement inspiré pour écrire mes deux articles, ces quelques pages un peu hâtives, certes, mais qui avaient emporté rapidement l'enthousiasme général, et délirant, de tous mes collègues de travail.

"Levons bien haut nos verres au succès", ai-je alors déclaré en serrant Franz très fort contre ma poitrine. Et ils ont tous approuvé bruyamment mon propos. Même les derniers de la bande qui rappliquaient déjà à tire d'aile et se pressaient en chahutant devant l'abri. Puis la plupart de ces pingouins ont voulu vanter la chaleur de l'accueil qu'on leur offrait, avant d'esquisser, mais à peine, un mouvement de repli et de s'éparpiller lentement dans les allées, en promenant, mine de rien, un oeil distrait sur mes plans de fraisiers. Franz les a tout de même accompagnés jusqu'en bas, en bavardant de-ci de-là, reprenant l'un, sermonnant l'autre, écartant continuellement les micros. Ils ont, ainsi, traîné leur nonchalance devant la grille d'entrée, restée providentiellement entr'ouverte depuis leur intrusion. Ils ont piétiné plus d'un quart d'heure sur le gravier en grattant consciencieusement leur papier, et en tergiversant encore un bon moment avant de se résoudre à quitter, définitivement, l'enceinte du manoir.

Très vite, pour ma part, je m'étais réfugié dans les narcisses, occupé à en couper quelques tiges, tout en observant discrètement le manège. J'avais d'abord vu Franz grimper quatre-à-quatre les marches du perron, nettement plus enjoué que d'habitude, avant qu'il ne pointe son nez, une ou deux heures plus tard, au balcon de la salle à manger. Equipé de pied en cap, il semblait s'être décidé à effectuer, malgré tout, sa randonnée quotidienne qui, invariablement, le menait jusqu'à l'estuaire. Spontanément, c'est ce qui m'est venu à l'esprit en constatant qu'il s'éclipsait astucieusement en prenant le large par le portillon qui, à demi dissimulé dans les ronces, tout au fond du verger, nous permettait ordinairement d'atteindre rapidement les sous-bois sans pour autant avoir à pavaner devant le voisinage. Nous nous sommes donc salués, mais de loin en loin. Sans d'ailleurs chercher à échanger un seul mot. Et je me suis vaillamment attaqué aux géraniums. Puis j'ai arraché une pleine brouette de pissenlits. Je suais à grosses gouttes. Je me suis donc débarrassé de mon tricot. Un point c'est tout.

En réalité, je ne me suis pas tracassé pour deux sous, même quand j'ai dû constater que le loup n'avait pas réintégré sa tanière ni pour le sacro-saint déjeuner, ni surtout pour le potage du soir que nous avalions pourtant presque toujours de concert, le menton dans l'assiette et l'oeil immanquablement rivé au récepteur de télé. Une fois n'est pas coutume, Franz s'offre une petite folie, ai-je pensé. Il dîne en ville. Il s'enfile en cachette un super gueuleton du tonnerre de Dieu pour fêter sa réussite, me suis-je dit. Et il n'y a rien d'extraordinaire à cela. Il n'y a pas non plus à le blâmer. C'est une attitude que je ne peux guère réprouver, me suis-je répété. Tout de même, j'ai vaguement attendu son retour en préparant ma tisane. Mais rien n'est venu. Vingt-deux heures, puis vingt-trois heures, puis vingt-quatre heures ont sonné sans que Franz ne se pointe. Il doit se payer du bon temps, ai-je songé. Je me suis rassuré comme j'ai pu ; j'ai réussi à me convaincre qu'il était allé voir les filles, qu'il n'avait pas voulu m'en parler, n'avait pas souhaité m'en avertir et s'était arrangé pour dormir là-bas. Cahin-caha je suis donc monté me coucher. Plus au moins tranquillisé par l'argument.

Hélas, je n'ai guère pu bénéficier du sommeil que je méritais. Car cent fois, au moins, je me suis éveillé en sursaut, dressé dans mon lit, glacé de sueurs à scruter en vain l'obscurité, attentif au moindre craquement du plancher, au léger grincement de la grille dans la nuit, au souffle du vent qui balançait, régulièrement, les longues griffes du marronnier contre les volets de ma chambre. Jusqu'à la toute première lueur qui a fini par filtrer à travers les persiennes. Jusqu'à ce doute, terrible et soudain. Trop bête, me suis-je dit ! Je me suis habillé en quatrième vitesse. Comme ça. Sans réfléchir. Et j'ai dévalé l'escalier.

Le soleil pointait à peinc dans le velouté des collines. A flanc de coteaux, dans les prairies, de larges taches d'ombre dissimulaient encore le relief. Je me suis aussitôt dirigé vers le sentier qui borde assez longtemps le canal, puis j'ai même vaguement formulé le regret de m'être aventuré ainsi, c'est-à-dire sans veste ni manteau, avec juste un mauvais pull et un cache-col de misère. Je me suis forcé à accélérer le pas, tout en gardant toujours les deux mains enfoncées dans la profondeur de mes poches, frissonnant comme un gosse de la tête aux pieds. Incontestablement, il avait dû pleuvoir durant la nuit. Je le vérifiais à chaque pas. A tout instant, il me fallait éviter les flaques, sortir sans cesse du chemin, me courber sous les branches diablement gorgées d'humidité. Je crois bien avoir parcouru ainsi cinq ou six cents mètres. Voire un peu plus. Mais je n'en suis pas certain. J'avais déjà doublé le monticule, là ou le chenal décrit une large courbe, à l'endroit très précis où, souvent, les pêcheurs du dimanche s'acharnent à traquer le gardon. Là, je me suis immobilisé d'un bloc au beau milieu du chemin. Avec un iceberg à la place du cerveau. Pétrifié par ce que j'avais découvert en inspectant, négligemment, les buissons qui abondent aux abords de la rive. Bien sûr, j'ai immédiatement deviné de quoi il s'agissait. Je n'ai pas hésité une seconde. Je me suis précipité sans rien voir d'autre. Je me souviens très bien qu'il était drôlement étendu sur le dos, avec la figure salement écrabouillée, le crâne enfoncé jusqu'à l'occipital, la cervelle qui dégoulinait sur le côté et l'oeil gauche, nacré, presque sorti au trois-quarts de l'orbite. C'était un spectacle écoeurant. Malgré ma profession, j'avais rarement vu pareille horreur. Je me suis penché vers lui en sanglotant. J'ai dû tripoter sa veste, dégager un peu la boue dont son visage était barbouillé. Puis je me suis reculé en me redressant, car je commenmençais à réaliser que j'avais du sang sur les mains. J'ai donc voulu m'essuyer et n'ai, évidemment, réussi qu'à m'en flanquer un peu partout, sur mon pull, mon cache-col et mes affaires. J'avais surtout le coeur qui me déchirait la poitrine. J'ai failli me trouver mal.

J'ai alors pensé qu'il valait mieux revenir au manoir. Et prévenir illico la police. Par conséquent, j'ai voulu retourner sur mes pas, juste au moment, voilà, où le petit groupe de chasseur apparut devant moi, me barrant complètement le sentier. J'ai tout de suite compris ce qu'ils allaient s'imaginer. J'ai voulu leur dire la vérité, leur expliquer simplement, tranquillement, pourquoi j'étais là. Et le reste...

"Mais, au fur et à mesure de mes explications, je percevais que leur terreur s'amplifiait," ai-je affirmé, en m'adressant, avec lassitude, à tous ces flics silencieux dont une escouade s'était déplacée tout exprès de la ville, dans l'intention de m'interroger sur le champ.

"Tout de même..." a répondu l'inspecteur qui balançait sa tête de droite à gauche. "L'arme du crime, qu'en faites-vous ? Cette bêche, trouvée à proximité du corps, cet outil de jardinier jeté dans un fourré...

Comment nier qu'il vous ait appartenu alors même que les journalistes affirment, justement, eux, l'avoir formellement identifié ? Ils assurent, tous, l'avoir vu, hier, posé, là, contre le mur !"

En levant les yeux vers ces vastes massifs de roses, dont, maintenant, les buissons presque parfumés commençaient à se couvrir de fleurs à peine écloses, oui, j'ai lâché, en détachant paresseusement mes mots, oui :

"Voyez-vous, commissaire... Sincèrement, de vous à moi, les insinuations perpétuelles des uns et des autres... Sincèrement, je m'en contrefiche !"

Mais j'ai cru saisir, dans la pâleur volontairement absente du triste regard qu'il m'offrait, j'ai cru saisir, oui, qu'il persévérerait tenacement, qu'il s'acharnerait, hargneux, cruellement opiniâtre, et très très longtemps, oui, à ne pas vouloir m'écouter. Alors, je me suis enfermé dans le silence, je n'ai plus rien dit. Non. Jamais. Sauf à toi.

A PARAITRE

Sur Richard Brautigan, *de Marc Chénétier*

Journal japonais, *de Richard Brautigan*

La mort dans l'ouest, *de Joe R. Lansdale.*

CHEZ LE MEME EDITEUR

Titres épuisés : Boris Blues, *de Daniel Pasquereau* / Le perchoir de l'éléphant, *de Higinio Ména* / Faute de frappe, *de Philippe Merlier* : Le lavoir des morts, *de Quentin Ferrard* / Une tortue à son balcon, *de Richard Brautigan* / Le chiendent de l'âme, *de Daniel Pasquereau* / Croquis américains, *de Quentin Ferrard* / Tu es si belle qu'il se met à pleuvoir, *de Richard Brautigan* / Les 32 cartes *d'Ann Saint Cire* / Dans ses gestes, l'attente, *de Jean-Paul Gavart-Perret.*

Titres disponibles : Cafard, *de Francine Andres et Gilles Vidal* / Tuer le temps, *de Gilles Vidal* / L'ordre des choses, *d'Aline Angus*.

Il pleut en amour, *de Richard Brautigan*
After Dolores, *de Sarah Schulman*
Round up, *de Robert Gordienne*
Texas trip, *de Joe R. Lansdale*
New York rage, *de Bruce Benderson*
Brautigan, un rêveur à Babylone, *de Keith Abott*

Achevé d'imprimer par

GRAPHITYPE

z.a. avenue de Courcelles - 14120 Mondeville

Dépôt légal : 1er trimestre 1992 *N° d'imprimeur :* 1371

N° d'éditeur : 020